황혼의 은빛 향연

황혼의 은빛 향연

2024년 11월 8일 제 1판 인쇄 발행

지 은 이 ㅣ 현형수
펴 낸 이 ㅣ 박종래
펴 낸 곳 ㅣ 도서출판 명성서림

등록번호 ㅣ 301-2014-013
주   소 ㅣ 04625 서울시 중구 필동로 6(2층·3층)
대표전화 ㅣ 02)2277-2800
팩   스 ㅣ 02)2277-8945
이 메 일 ㅣ msprint8944@naver.com

값 15,000원
ISBN 979-11-94200-36-9

황혼의 은빛 향연

현형수 제11 시선집

도서출판 명성서림

시인의 말

시詩를 쓰기에 삶에 대한 성찰과 존재의 가치를 예견하고 깨우치며 詩에 접목하였다.

그동안 세월이 가고 나이가 황혼에 접어들어 시작한 문학의 길은 밝은 빛이 온 세상을 고루 비추어서 만물의 성장에 원천이 되었듯이 의욕을 가지게 되면 용기와 생기가 강렬한 의지에 좌절을 극복하게 되고 현존의 가치로 세상을 이기며 스스로의 삶을 다스리게 되었다.

자연과 인간관계에 매료된 긍정적인 뜻과 생활에 침묵인 나의 무게와 삶이 미래에 지금 온전한 나의 자아의식이기도 하여 인간의 공존과 더불어 합일된 시詩를 상재하게 될 점을 자연스럽게 보면서 외롭고 힘들게 걸어온 문학은 자신의 분신이나 영혼 같은 친구라고 생각을 하고 밤낮 함께 걸어올 수 있었던 것은 좋은 작품을 쓰기 위해 사금을 선별하듯 고르고 다듬듯이 하였다.

늘 곁에서 한결같이 응원해 준 소중한 분들께 어설픈 글들이 영글어진 결실로 피어나 기쁨에 찐한 풍성이었으면 한다.

2024년 가을
천미川尾 현형수

4

황혼의 은빛 향연

부챗살처럼 남북으로 낮고 작게 누워 있는
부드러운 능선 중심의
언덕 산굼부리
어미 용이 새끼 셋 품은 것처럼 보이는 그 울창한 숲
여러 종이 어울려 함께
촌각의 시각 신기루
너울지는 무지개 한 쌍 하늘이 시샘하듯
아기자기한 산세의 조망은
한라산의 넓은 들판에
파도처럼 이어진 오름들
감탄이 눈 속으로 들어온다
이렇게 세월은 영겁으로 함께 가는
다랑쉬오름
습관처럼 마주 보는 참모습
꽃 진 자리 첫가을 들판 시절의 녹음이듯
만개한 산 억새 낭창낭창 은빛 향연
아름다운 풍경으로 오는
몸짓을 보며 저무는 황혼길
홀로 가는 내가 문득 가슴에
나이 셈해 보며 가슴앓이로 오던 날

시작노트

오름은 어디로 오르던지 색다른 매력과 풍광을 자랑한다.

그만큼 선뜻 어느 곳을 추천하기란 쉽지 않다.

그럼에도 제주 사람들이 반드시 찾아볼 곳으로 꼽는 곳이 용눈이오름이다.

제주의 동부 쪽. 구좌읍 종달리에 자리한 용눈이오름은 능선과 언덕 산굼부리(분화구)가 부챗살 모양을 이루며 여러 가닥으로 흘러내리면서 빚어낸 부드러운 능선이 일품이다.

오름의 전체 모습이 용이 놀고 있는 모습이라는 데서 용눈이 또는 마치 용이 누워 있는 형태라는 데서 용눈이라고 불렀다. 남북으로 비스듬히 누운 용눈이오름은 한가운데에 큰 산굼부리가 있고 그 둘레에는 봉우리 세 개가 둘러서 있다.

높지는 않으나 오름 전체가 풀밭으로 이루어져 있어 어디가 오름이고 어디가 능선인지 모를 정도로 낮고도 부드러운 능선이 이어진다. 등성이를 오르락내리락하다 보면 어디쯤 걷고 있는지 모를 환상적인 느낌마저 든다.

능선에서 바라보이는 한라산과 파도처럼 이어지는 다른 오름들 한눈에 들어오는 성산일출봉과 우도는 절로 감탄을 자아낸다.

　용눈이오름의 매력은 산세의 아기자기함에 있다.
　그것은 산 위에 감춰진 산굼부리에서도 나타난다.
　정상에서 내려다보는 산굼부리는 낮고 작은 등성이에 의해 세 칸의 둥근 방으로 갈라져 있다.
　이 같은 생김새를 어미 굼부리가 그 안에 세쌍둥이 귀여운 새끼 굼부리를 품고 있는 것이다.

축사
서정의 詩 밭에 추억이 가득

가을 무르익어가는 날, 길가 코스모스 보세요. 활짝 웃음에 가는 허리 내세워 바람결 리듬 따라 훌라춤을 춥니다. 이런 날 들국화 향기에 취해 오솔길을 걸어 보셨나요. 이른 아침 무서리가 그렇게 내리는 날 동그만 뒷동산에 밤송이들이 가시갑옷 지퍼를 열고 기름진 햇살에 발갛게 취해 있습니다.

이렇게 사색에 젖는 날, 8학년 완장을 차고서도 청소년의 감성을 가진 작가가 있습니다. 바로 현형수 시인께서 시집을 내셨습니다. 서정의 운율과 리듬이 가득 밴 자아성찰의 글발들입니다.

시는 "자기 마음의 거울을 닦는 것이다"라고 합니다. 저자는 자기 내면의 사색을 끊임없이 추구합니다. 2024년도에 3권의 시집을 상재합니다. 이번에는 인간의 심연 깊은 곳을 들여다보고 다양한 불심의 향기와 가을 노래가 밴 득음의 옥고입니다.

제주도가 고향인 저자의 향수에 젖은 하루방 물소리 바람소리 새소리 살짝 들어봅니다.

"고향은 언제나 기억 속에서 자란다/시간이 가고 세월

이 가도/ 바람 부는 풍경을 거들며 /철 따라 꽃이 피고 지듯/기억 저편의 새들이 다시 날아와/그간의 사연을 설핏 동무하면/심연의 바다에서 푸른 심장을 길어 올린다"고 피력합니다.

저자는 현재 부산에 거주하고 사업을 하고 있습니다. 관절로 불편해진 다리를 이끌고도 마음의 도량을 쌓는 끊임없는 글쓰기 도전에 임합니다.

필자의 지인 중 92세에 요양원에 계시면서 1년에 시와 수필의 책을 두 권씩 상재하는 분도 계십니다. 일본의 여류시인 '시바타도요'는 파출부인생에도 불구하고 99세에 시집을 펴내 일약 세계적인 베스트셀러가 되었지요.

이러한 예와 비교해 볼 때 현형수 시인도 그에 못지않습니다. 전국 문학협회에서 작품대상 수상, 수백 명이 응모한 디카시전국백일장 대회에서 은상도 수상하셨습니다. 작가가 글만 써놓고 여러 가지 여건상 출간을 못하는 예가 많은데, 저자는 끊임없는 창작에 출간까지 계속하는 열정에 축하와 존경해 마지않습니다. 건강 건필 하시어 많은 독자와 공감대형성이 되길 바랍니다.

2024년 가을
시인 문학평론가 박 종 래

2

별
지
는
밤

3

새벽 산책

4

진눈깨비

5

실기하지 않은 길

1

새벽으로 기운 달

새벽으로 기운 달

오늘도 그곳에 있는 달 곁에서 뚫어지게 보고 있었다

서쪽으로 지구가 꼭짓점을 비튼 순간에도
달이 진 후에도 나는
그곳에 머물고 있었다
지구가 서쪽 기울기로 중심을 옮긴 줄도 모르고
몸의 피가 서서히 타들어가는 동안
지구가 한 바퀴 돌고 또 멈추고
틈 사이로 보름달이 비춰 주는 마지막 순간에도
파리한 핏기 없는
얼굴은 참으로 고요로 평화롭고
가령 눈도 닿지 않은 머나먼 곳에서
차마 어쩔 수 없이 가만히 있는 모두 비운 그대로
보며 다만 어리석게 울먹이고 있었는데
보름달은 서쪽으로 자꾸만 기울며
그대를 서서히 당기고 있었다

화안花顔 꽃

화려하고 수줍게 매화도 피고 산수화도 피고
외로움과 서러움도 멀리하고
꽃으로 피어나는 시절
힘든 겨울 조금 참았으면
홍매화 피었다 지는 모습 말고
고통 속 인간에 피는 가장 멋진 꽃 보련만
사랑이여
꿈꾸는 파랑 미래처럼 어느 무렵인가
그 풍경 머릿속에 고스란히 남았는데
언제 어디서나 화한 이미지 이미 캄캄한 황홀함보다
고매한 정신과 기계로 흥에 겨워
노래 부르고 춤추며
빨간 피 꽃 빨아가는 흡혈귀가 우글거리는
캄캄한 터널 벗어나 봄이면 만상을 비추는
산자의 울음처럼 화안 꽃
어디 그 꽃만 하겠습니까

오롯한 정의의 삶

오롯한 삶은
늘 수평의 중심에서 낯선 이의 물음 되어 자신을 지키고
지천의 사람들과
서로의 셈법을 달리 써도
나의 안과 밖을 유지해 주는
오늘의 증언에 삶의 지표는
언제나 거룩한 생명선이다

나를 부축이며 일어서는 순간 자기중심을 옮긴 생명의
순서가 나의 편이어서 하루가
저물도록 정민精敏한 마음과
순수한 세계를 거느리고
꽃불 타는 4월이 저물도록
오롯한 정의의 삶은
생혈生穴을 깨물고 싶다

설산雪山의 낙조落照

한라 정상 마지막 숨 고르는 노을을 본다
표정 밖으로 나온 하루의 이야기와 알 수 없는
내일의 근심들 무리로 숨겨 놓고
뛰노는 제주 노루와 말들

필연적 순서대로 소멸되는 저녁에 지는 햇빛
한라산 자락 구상나무 작은 돌매화
풀과 나란히 등짐 지고 내일을 기약하는데

무의식중에 몸을 낮추고 오늘의 살점들과
흔적을 남기며 하루를 이별하는 한라 산정의
서쪽 하늘 붉게 물든 산 메아리와 함께
겨울 노을로 저무는 저 새한도

평정심平靜心

조급한 시간 무시로 쫓긴 마음의 긴장은
火의 원인이 되어
언제나 자신을 유린하며 좀 먹는 것
심신의 안정은 살며 살아가며
성장과 비례한다

인생의 시련과 고통은 마음을 평정으로 앉히고
결코 부귀와 빈곤을 비교하지 말며
오로지 마음의 평정으로 깃든 화평을
언제나 슬기로운 지혜로 내일을 기약한다

비로소 한 발아를 위하여
스스로 다스리며
무수한 씨앗들 뻗어 갈 나잇살
강건한 의미 되새김이다

처절한 생애

자리 잡고 오손도손
작은 공간이나마 아들딸과 행복하게 살던 생애
오롯이 종일 있고 보니

꽃처럼 아름다운 시절이었네
꿈 함께 키우며
고통도 그 어떤 인내도 극복하며
처음의 출발을 인식하며 키워 온 꿈
보이는 나를
그대를 보니 짧은 길

안타까운 염려 어느새
한 생애를 함께 하였던 시절 떠오르는 그리움

쌍계사의 단풍

신선한 가을의 기운을 잡고
산의 넉넉한 품과
풍성한 햇빛 한 아름으로 오니
강의 하얀 모래 물결에 헹구며
파도는 숙명처럼 밀려오고
피안에서 세상 소리 먼저 들으며
담 너머 느린 걸음으로
역광의 자욱이 깔린 가을을 맞이한다

구재봉 정상과 자연 숲속의 산 아랫마을
새록새록 화한 햇살 일렁이고
잉태한 불타오른 오색의 영롱
온 산 신비
나도 몰래 닿을 수 없는 새 생명
임자 없는 가을 단풍
아름다운 꽃담으로 장식된 천년 쌍계사의
고찰 번뇌와 고통을 지혜로 풀어 본다

오솔길 노인

아침 해를 붙잡고 있는 나무들의 초록
몇 대를 지킨 정자나무 하나가
근엄하고 인자하게 서 있고
기슭의 도랑 앞엔 작은 우물 하나가
앵두나무와 어깨동무로 노을이 한창인데

바람은 산들바람 맵시 있는 구름들
가끔 그늘을 만드는
그곳의 하루를
신나게 기별을 하고 가는 새들의 무리
꽃들의 아양이 한창인 숲속의 오솔길

정연한 위치에서 먼 세월을 읽듯
천근의 무게로 마음 한 짐 지고 가는
노인 하나
바람을 묻고 가는 황혼 따라 정중하게
꿈속의 오솔길을 걷고 있다

모두 떠나네

떠나는구나
모두 하나의 허구처럼 망령처럼

세상의 굴레에서 벗어나
가을 저 낙엽처럼

하나의 몸짓으로 마치 어느 세월 어느 곳에
든든한 믿음이 하나 있듯이
우연이 아닌 운명의 선택이나
하나의 필연의 순리처럼
모두가 떠나는구나

발효하는 새로운 아픔처럼
주연과 조연의 몸짓으로 모두 멀어지는구나

봄비

인자한 물을 간직한 봄비 온종일 온다
만물의 생명을 돋우며 푸르디푸른 얘기
스스로 몸 밖을 나온 그의 소원 극명한 유언처럼
사방 천지에 내리는 봄비
인식의 깊이와 고요를 지나
산과 들녘 지상의 미로를 지나
못 잊을 전생의 구애처럼
모두의 사랑 얘기 안에 깃들기 위해
삼남 지방에 내리는 봄비
지상의 모든 것들은 푸름이 되어
한데 어울리며 나부끼는데
오늘도 그리운 사람 얘기처럼
봄비는 내 안에 보이지 않은 약속 거느리며
봄비가 온종일 온다

새들의 유람

오늘은 새들의 머나먼 시공을 무찔러 가며
한 소절의 노래를 재잘댄다
강나루 산기슭 건너 넓고 푸른 숲 지나
종일 헤매는 마을의 풍경 벗하며
오늘 어디에 그림자 하나 지울 곳과 아득한 지평선의
변방 앞에서 홀로
푸름을 잉태한 희망 가꾸기로 여문
세월과 역사를 읽으며 주검을 높일 그곳을
찾아 미리 유람하는 걸까
새들의 오늘은 그들의 그림자 지울 곳과
주검을 눕힐 요람을 찾아 오묘한
비애의 시간을 계산하며 새우는 낯선 부리를

거룩한 이름

안 보이는 슬픔은 가슴앓이로
속에서 헤매고 다시 구름처럼 마음을 헤집는다
증오와 분노의 응어리는 그늘이 된 세상
이야기와 언약을 빨리 잊지 못하고 빈속으로
돌아온다

뜨겁게 경계를 푼 세상
양지를 꿈꾸는 하루의 삶을 위해 짧은 한세상의
과거에 연연하지 말지어다

수없이 내 이름을 불러도 지워지지 않은
나의 명세처럼 눈물로 오는 그 이름
가슴앓이로 오는 과거를 잊고
당신의 생을 신명나게 어울릴 거룩한 이름 하나

환시幻視

그대 지금 어디쯤 있을까
가을 저물녘 이리도 쓸쓸한데
태양은 역광으로 온 산을 물들인다

잠시 지나온 길 뒤돌아보니
우거진 숲과 여울물과 아슬아슬한
벼랑 그리고 거친 폭풍우의 고통
그대와 한고비마다
인생을 건너던 추억들이 층계마다 높은
벽으로 허공에 걸려 있듯
나뭇가지 허공에 황금방울새 하나
우두커니 앉아 있네

이미 내 안에서 조금씩 깊어지는 생각들
망상 여름 한철 幻視한 그대같이

우둔한 나의 삶

아이들이 자라 어른이 되어서야
비로소 습득하는 인생
배우며 경험하며 자신의 전부를 던져야
비로소 보이는 뿌리의 삶
초점 흐린 눈으로
세상을 다시 또 보고
하나의 여유 오늘도 예비하며
피붙이 살붙이들이 숨결까지
하루를 소일하며 챙겨 가며
내 나이만큼 자란 우둔한 나를
스스로 볼 수 없듯이

빗소리

빗소리 들으며 추억을 거닐다

그때 그 시절 소담한 그리움 사이로
자화상을 함께 하는 밤

비는 종일 한 규격 사이로 낯선 이 울음처럼
생애 근처에서 허물 벗는 얘기로
밤새 수선대는 기회를 실기한 언어들
내 정수리에 날카로운 빗소리로 닿는데

오늘도 새벽 밤으로 침몰하는 새벽 비가
내 살아온 인연만큼 아프게 아프게
설레는 그리움으로 나를 일깨운다

번민을 내려놓고

극복 못한 참담한 번민 내일은 웃음으로 오니
바라보는 그대의 눈길과 마음 안에 자리한
첨예한 요령도 함께 할 것이니
너무 고통스러워하지 말게

한 치 앞으로 내다볼 수 없는 인생사
쌓을 수 있는 공덕 기회가 온다면
그 얼마나 보람의 뜻 있으랴
가끔 뿌리 깊은 후회도 때로는 당찬 용기로
환원할 때를 보라

모든 것은 때론 앞서가고 뒤서기도 하지만
그대 경망한 조급증을 거두시게
인생은 멀고도 먼 항해
미리 근심 걱정되는 번민 내려놓고
무릇 걱정할 수 있다는 신념 앞에
그대 정신을 바로 놓으시면
오직 낯설고 눈먼 기회도 비로소 그대 것일세

외로움의 한세상

겨울이 지나가도 너를 다시 만나지 못하고
조금씩 화창해가는 봄
바다 기슭에 봄 새들의 새로운
하늘 열기에 부산한데
아직도 너는 소식이 없고

밀물져 오는 그리움은 쓸모없이
그저 먼 산만 바라보며
아무 내용 없이 일어섰다 앉았다
하루해가 저물고

우주의 무게 뚫고 나온 푸른 봄의
나를 보는 신기루의 형상은
한세상의 외로움의 고통
오늘도 고요히 저문 노을이 울고 있듯이

새순의 꽃

맑고 수줍은 그러면서도 한없이 신선한 아침
봄 허공에 길을 내며
틈 사이 세상을 열어
가는 저 끈질긴 의욕의 이파리 하나가
새벽이슬을 머금고 있다

동터 오르는 해를 보며 수줍은 인사로
내외하며 어느새 새순에 얹힌 꽃봉오리 하나
다소곳이 사람들의 입방아 속에 감전되듯
아찔하게 하늘을 우러르며

신기하게 맞이한
빨간 꽃송이 저 아름답고 슬기로운 승리여

출항 전야

객창에 몸을 누인 달빛
그늘이 밤물결에 흔들린다

아직도 노랫가락이
포구의 밤에 머물고 있는 남도의 선창
제주의 저문 것들은 모두 밤의 객기로
내일을 기약하며 떠나고

하루의 편이를 내려놓고
모든 것이 뜻이 되고 이별이 되는 제주

내일은 또다시 새로운 바다의 길을 열고
분노와 증오도 삭이고 하룻밤
선실에 갇힌 몸으로 밤을 지새운다

2

별 지는 밤

별 지는 밤

별 하나가 지네
정유년 정월 보름 인시 일각
인연의 운명 되어 일가 이루어 살다
소우주 별 하나 말없이 지는데
그렇게도 이승의 이별이 아쉬워
수많은 고통으로 얼룩진 힘겨운 나날들 뒤로
순식간에 식은 몸 부여잡고
한밤을 세워 울었네
창가에서 서서히 유영으로 멀어지며
자꾸만 나를 부르듯 명멸하는데
온몸이 얼어붙어 앞뜰 뒤뜰 함께 보던
설중매 꽃도
수십 억겁 지기로 만난 인연
끝나는 영겁의 시각
정유년 정월 보름 일시 일각

속울음 울고 있습니다

마지막 손목 잡고 열 손가락 헤아릴 때
속울음 깊은 말을 읽고 있었습니다
모처럼 가는 숨 더욱 힘겨울 때
하얀 손목에 그 여린 햇살이
칼자국처럼 가늘고 창백하였습니다
내가 길 가다 과거를 헤매며
차마 발걸음 놓지 못할 때
그 손등에 얼룩진 파란 피가
그렇게도 붉었습니다

가늠할 수 없는 공터 골목길에서도
하얀 손등은 붉어 있었고
혼자인 줄 알고 그쪽으로 중심을 옮겨 갔을 때도
정맥이 드러나는 살 속의 피는
이미 떠나온 시각을 헤아리지 못하고
정녕 혼돈의 중심에서도
아프게 아프게
수렁에다 빠뜨린 나의 침묵을 읽고 있었습니다

비 개인 정수사

봄의 이름으로 보슬비는 온다

인적도 없는 정수사에 시간과 명상과 시름하며
더불어 함께 한 그대의 인연
차마 잊을 수 없어 아직도
정적의 고요로 십리 길 정수사에 비는 내리고

그리움은 생전의 염불 소리로 그윽이 설레는데
함께 한 이승의 애정길 놓을 길 없어
비 갠 하늘 무지개로 환시하는
생시의 그대를 본다

고요한 아침의 풍경

동이 터 오르는 바다
빛나는 윤슬은 아침을 열고

바닷가 산책길 고요한 돌 숲에
햇살 쏟아지는 한낮이나
바람 소리 윙윙거리는
햇살과 바람의 잘 어루만지는 자연 속의 돌담집

창밖의 잔잔한 바닷바람과 파도 소리 들으니
신비롭던 풍경은 바람이 아니 불어도
포구의 새벽을 여는
무가巫歌의 음률 소리

바람은 꺼져도

어디로 어떻게 달아나야 할지
염려도 고민도 모르는 젊은 아빠가 아이들에게
한 희망을 건네주며

옆자리 엄마는 일상의 공간을 지켜야 할
까치 위해 기꺼이 나선 이들과
한세상 즐겁게 걷기로 했네

비장하지도 결코 억울하지도 않은
가슴 뭉클한 강력한 연대
그 힘에 기생하던 온갖 상처도 마음 치유하며
그 착한 바이러스처럼 빠르게
온 세상을 점령해 가네

번뇌에 떠하여

세상사 어둠과 빛이 공전하듯이
고통을 벗어나려면 생각도 없어지고
지난날도 앞으로 일상도 지워져야 한다는
잠식하는 생각들 들끓다가
어느덧 위로하며 나를 일으킨다

내 안에서 둥지를 트는 아침
생각 안에서 무아가 되어 나를 벗어나려는 순간
생활 속에 부딪히는 번뇌들

나를 시험하듯 고통의 별미가 되어
삶의 일부 번뇌와 고통은 끝없이 깨달음에도
스스로 길내며 방향을 묻고 가는 고행으로 오듯이

골목길 산책

서민의 결집된 문화가 한몫하는 곳
허름한 술집에서 거나하게 혼술하고
시대의 온갖 잡동사니들의 과거의
향수와 문화를 얘기하며
신선한 하루도 부담 없이 어울린다

연령이나 신분이나 계층도
차별 없이 함께 모여
서민들이 애환과 삶을 나누면
어느덧 마음 부자가 되어
굳세게 더욱 단단히
쌓아 올린 믿음과 신뢰와 함께

어우러진 세월의 흔적들
옛것과 새로움이 격의 없이 공존하며
자긍심이 되는 이곳

산 벽의 숲

자연은 생명의 열려 있는 푸른 숲
계절 따라 태생 따라
빛깔의 조화 더없이 신비스러워
철 따라 잎과 꽃으로 피고 지는
알맞은 음과 양이
운치 있게 세상 장식으로 혹은
서로의 말 없는 소통은
먹거리 채집으로 생명을 유지한다

자연의 숲은 무수한 역량과 섭리로
모두의 삶을 보전하기 위해
온전하게 이 세상을 지키며
오늘이 가기 전 어디선가
또 하나의 잉태와 발아로
여러 백 년의 나이를 짐 지고
있는 나무와 숲들의 조화造花여

겨울 아득한 그곳

엄동의 칼바람 이리도 사나운데
봉우리 기슭마다
종일 먹구름 흐드러지게 휘도는 곳
육신을 땅속에 눕혀 놓고 밤마다
그리도 마음 허전한
그리움 적시는 사람 있어

연둣빛 저녁 노을 푸른 숲속에 저물면
꿈결에도 아늑한 호숫가 유유한 백조 한 마리
이야기 삼아 밤을 지새우며 지난 세월
눈물로 회상하는 밤은 이리도 깊어 가고

생전에 화안한 꽃처럼 웃으며 소담한 이야기 안에
그윽하게 나를 마중하던 그 사람 차마 못 잊어

자신의 건강과 역할

행복과 평안을 바라는 인생의 가치는
봉헌하는 중에 성장하면서
널리 인연을 맺게 되는 것이다
사람이 태어날 때
이미 책임과 가치를 가지고 세상에 온 것이므로
그 쓸모가 인류 역사에 책임을 지는 것이다

책임은 전 사회에 다 지는 것인데
개인의 생명은 비록 미미하나
능력과 좋은 점을 발휘하여 다하면
이는
곧 인류 역사 계승의 역할을 다함이니
감사한 마음으로 힘을 다해
선대의 자양분을 받고
유업을 후대로 계승하는
필요한 수혈관이라 생각을 해 본다

근검勤儉

봉황은 부지런한 집에 깃들려고 하고
백학은 복이 있고 장수하는 집에 내려앉기 좋아하네

득실을 염두에 두지 않는다면
항상 일이 없는 사람 될 수 있을 것이고
재주와 덕행 함께 갖춤은 현량함이며
능력은 있으나 덕이 없는 사람은
사회에 해를 끼칠 것이다

가난에서 부유를 바란다면 근검해야 하며
잘못 알고 깨닫고 고치는 것은 수치가 아니며
공적 일을 위해 자신을 희생하면 세상이 편하다

하룻밤에 부자 되는 것은 벼락부자요
하룻저녁에 유명해지는 것은 허명이라
벼락부자의 부유 지키기 힘들고
허명은 실속이 없어 누를 끼칠 것이네

환대 歡待

사람들은 상호작용을 통해 펼쳐지고
일렁이는 공을 바라보는
시선의 그림자 만져지지는 않지만
마음과 달리 눈에 보이며
일정한 장소가 필요하고

사회의 성취권을 부여받고
사회의 일원임을 인정하고
마련한 자리 현실은 모두 평등하다고 하지만
묘역과 경멸은 날뛰고
사람은 나이와 성별 권력과 소득에 따라
다르게 대접을 받으니
보이지 않은 그림자 없는 사람 되어 배회하다

무조건 기본 원칙 강조에 부인당하는 사람들에게
절대적 무차별 무조건적으로 사회 안에서
빼앗길 수 없는 자리를 마련해 주는 일이
절대적 환대라고 보면
법과 제도화로 존재를 인정하여
공공성의 강화가 되고 실현이 되어야
필요한 따뜻함이 아니던가

생명의 재산

어떠한 상황에도 변하지 않은 마음
선정의 실력이며
그런 상황에도 떠나지 않은 것은
지혜의 작용이다

후퇴하고 전진하며
침묵으로 대변하고 섬기는 것은
자신을 성취함이고
자비는 이상을 갖은 감정이고
동서남북 모두 좋은 곳 다니고
머물고 앉고 누워 도를 닦는 것

항상 진심으로 부끄러움에 뉘우치고
은혜를 잡는 것이 제일 높은 품이다
성실히 마음 열어
사념과 악념을 넘나드는 것 버리고
괴로움이 떠오를 때면 대항하지 말고
부끄러움을 뉘우치는 감사한 마음으로
성실하게 생명 체험의
곧 선을 닦는 것이다

말의 형상 이상과 현실

집착의 한계와 극복과 앞과 뒤에 경계가 있어
인생 초월의 경지가 상처뿐인 영광인 것이다
우리가 한 말 모두
밖을 나와 온 지구를 헤매며
서로의 실체 밤과 낮 밤 자리에 숨어서
낯선 땅 낯선 곳 헤매며 지혜를 빼앗고
우정을 낯설게 하면서
오해와 오기 부풀린 어느 날
온 세상을 점령한 무심코 버린 한마디의 말은
온 지구를 끊임없이 유랑하며
영영 소식이 끊긴 그대
마음속에 아린 듯 애태우는데
모처럼 맑은 마음 안에 깃든 생각에
우주의 섭리대로 분수에 맞게끔
형평성의 그 안에
무릇 뜻이 되고 길이 된 미래
스스로 안정된 마음에
꿈과 이상도 정녕 현실로 온 것이다

사랑은 가엾게

선과 악은 마음 순간에 달려 있고
복과 슬기는 마음 안에서 닦으며
작은 불똥 하나가 온 들판을 태울 수 있고
자그마한 선한 소원 하나로
세상을 구할 수 있다

천지는 낳고 길러 내는 큰 덕이 있고
어찌 사랑하고 가엾게 여기는 뜻 품지 않으리
온갖 세상 변화 하나에
마음 물들지 않고
곳곳 어려운 가시밭 죽장 짚고 나가면
구제는 들어 올리고 집착하지 않는 것이다

사랑하고 가엾게
봄바람과 비가 새싹 돋게 하는 것은
훌륭한 선생님 가르침 같아서
많은 생물에게 괴로움을 없애서 기쁨을 주며
지혜는 햇빛으로 온 세계 두루 비추니
죄를 멸하고 미혹을 차단하네

고요로 지는 노을

한담 해변 산책길 마지막 숨 고르는 바닷가
거칠 것 없이 본 망망대해의
푸른 바다 표정 밖에
하루의 말과 알 수 없는 근심을 숨겨 놓고
필연적 순서대로 소멸하는 저녁 어스름

세상에서 가장 붉은 해가
그대로 내리꽂는 찰나의 순간
숨 막히는 시간의 저 나신
비로소 임종의 푸른 기운의 메아리
고요로 지는 저 노을의 신기
무의식의 낮은 몸
살점들의 흔적 남기며 이별하는 비명을 본다

밤새 한 마리

아무도 보지 못했을
칠흑의 어둠을 새 한 마리가 난다

깃털의 소리만 요요한데
머나먼 하늘 궁전을 지나
적막한 밤을 뚫고 날으는 순간
선분 안에 전도되는 지혜로
경계를 비로소 잃고
혼신의 힘으로
우주의 섭리대로
새 한 마리가 생명선을 지킨다

먹이 사슬에 들키지 않으려는
머 언 통로의 기밀을 위해
밤의 정적을 지나 달빛 속에
긴장된 그림자를 허물 순간
지표 그림자의 정지된 시간 안에서
현재를 증언하며
우주의 새 한 마리가 생명선을 지킨다

병동

하늘 아래 이런 곳이 있던가
왠지 언어들이 한쪽으로 몰리고
지금은 차마 야윈 몸에
숨소리 삭이는 것조차 볼썽사납고 부끄러워
두렵고 겁나서 먹거리 불편한 자리
늘 입던 옷에 먹던 먹거리 잠자리도
평생 하다 만 그곳은
모두가 불편하고 낯설었네
발목에 매인 인간도
그 고삐에 묶여
마소같이 옴짝달싹도 못하고
짐승처럼 길들어지며
마지못해 사는 우울한 이승이었네

내려진 이름표

아직까지도 도착 못 한 길
스스로 찾아가는 자유처럼
길손이나 구도자인 양
길표 허공을 헤매는 듯
오늘도 온갖 궁상을 마주하며

때때로 비 오고
바람 부는 낯선 날에도
허무처럼
정처 없이 한 체험의 실마리 풀어 가며
찾아 나서 걷는 길
누군가 힘겹게 잡은 손 마주 보며 운명이라 했던가

방랑자의 길손임을 자인하는 이 하루도
이 세상을 사랑하며 역류하는
내 심장에 누군가 내 이름표 하나 기억하고 있을까
낯선 날 낯선 곳에서 헤매는 하나의 길표인 듯

선작지왓

영실 넘어 구상나무숲 지나
먼 길 끝자락에 내가 명상하는 사이
큰마음 쓰고
자신을 낮추려는
심신이 안개비에 젖는다

윗세오름이 바로 눈앞에 있고
산정에 자갈 선돌 흩어진 벌판 모든 눈길이 가깝고
멀게 보이는 하늘에서 내리는
비 받아 저장하고 정수하며
샘도 있어서 노루들 놀며 목을 축인다

하루의 침묵으로 맞이한 한라산 허파이기도 한
선작지왓 지나
소 좁은 길로 걷다 보면
윗세오름 웅비하고 장엄한 한라산 풍경 아래 산정에서
느긋한 하루의 여유 느끼는 한나절

3
새벽 산책

새벽 산책

으슥한 담안골
아침 장산 끝자락 산정 뭉게구름
우뚝 솟은 창공에
갈까마귀 떼들 새끼와 함께 녹음 우거진
아침 길을 난다

생각들을 조용히 거느리고
물끄러미 숲속의 산책길을 바라보며
푸른 잎 감로 같은 이슬
사냥하는 일벌들
새 아침을 유람한다

소담스레 나누는 명상
골이 깊은 얘기 나이를 헤어 보는 동안
시방 살아 있는 모든 것이
소싯적 고향의 그리움처럼 일제히
길을 나선다

홀로 지키는 마음

무한대의 세상에 들어선 것처럼
천지 간 숲에 가려 보이지 않은 음산한 밤
지평을 열고 누비며 자유와 평화란
양지의 삶이 얼마나 밝은 빛인지
가식 없는 내 의식 한가로운 대로
지나고 보이지 않은 어두움의 미궁 속에
현기증이 멀미이다

혹여 산방굴사의 천장에서 뚝뚝 떨어지는 물소리
산방 덕*의 흐르는 사랑의 눈물같이
나의 생애 곱씹은 깊은 맘 스치는
바람결에 돋아나 떨어진 그대의 눈물
한방을 떠난 머나먼 이별을 예고하듯
홀로 지키는 이 마음 살아온 집 이정표로
깃든 아스스 먼 시야에 등불처럼

* 제주 산방산에 전설로 전해오는 산방산의 사랑의 신 이름

70

마지막 한마디의 말

모진 바람이 보채는 아침
정겹게 넌지시 웃으며 던진 말 한마디
몇 시각 흘렀을까
옵서예 잠시 후 다시 똑 옵서예
얼마나 괴롭고 고통스러우면
늘 병상을 지키는 나에게
어린애처럼 이리도 맑게 보챌까
오늘도 그 어리광 푸념을 늘어놓았네

아침저녁 7시의 면회 시간 그 속상한
가슴 누가 달래나
이 고비만 넘기면 온전한 몸으로
쾌유할 것이라며 마음 다짐하며
하루가 십 년 같이 응어리로 오는데
정겹게 똑 옵서예
그 한마디 말 유언이 될 줄이야
칼바람 비명처럼 서늘한 밤
비둘기 울음처럼 너울지는 통곡의 밤

바람코지의 돌담집

소슬바람 온종일 바닷가 억새 흔드는 늦가을
가을걷이가 그립던 날
옹기종기 모여 있는 바닷가 돌담집
세상 지탱할 무한이 무게로
푸른 바다의 물결 골 깊은 달빛 아래
고단하던 일몰 한 해의 발자국도
빛나게 흐른다

유년의 바람 코지 동산은
꽃무지개처럼
풍경 맑고 더욱 청결한 날
모질고 빡센 겨울바람 이겨 내고
수 세기를 함께 한 아늑한 청태 낀 돌담집

백년사로 가는 길

어둠의 장소로 가는
길 드러난 소나무 뿌리 밟으면서 사색의 길을 오른다

오르막길 땅속 뚫고 얽혀 나온 뿌리 밟고
길옆 찻잎 하나 따서 입 안에 넣으니 쌉쌀한 향에
지친 심신을 풀어 주듯 오르막길 즐거움이 넘친다

창틀 넘어 만경창파 탐라 사신 드나들던 곳
강진만의 너른 바다

베롱나무 삼백오십 나이테 바라보기만 하여도 한 폭이
그림 같고

아름드리 동백 숲 사시사철 두터운 잎 푸르고 고즈넉한
대낮에 붉은 동백꽃 한창 만개한 하루

우아한 잔향

사람은 누구나 가슴에 향기 하나 산다
맑고 내밀하고 그윽하게
계절의 시름과 한 희망의 슬기로
온 마음을 점령하며
간간이 오늘의 나를 시험하듯
오늘도 나를 마주하는 꽃 향
하나의 의미로 오는 날

법당 공양 마친 뒤
더욱 강하고 매혹적으로
맑은 여인의 우수 깊은 눈동자처럼
또 다른 상징으로 오는 꽃 향
깊어 가는 가을의 우아하고 고매로운 잔향으로
내 심장을 앞서 걷는
이 계절의 신비로운 향

건널목에서 세상을 읽다

오늘도 가고 있다
시간과 세월과 함께 빈손의 수줍음으로
색깔과 온도가 바뀌는 계절과 함께
지금의 시각을 갈무리하며

요령껏 오늘 하루를 계산하며
한 독백처럼 소극적인 이름들을
부지런히 일깨우며

기다리는 사람 마중하는 사람 하나 없어도
오늘도 머나먼 약속처럼 길을 나서며
건널목에서 세상을 읽다

아직도 홀로 서는 명상

어제 본 빼어난 산 그림자는
어제 늦게서야 돌아왔다
처음의 정서를 간직하지 못하고
바람 부는 대로 횡설수설하며 다만
그림자 시늉으로 산山의 이마를 넘고 있었다
야생의 때 묻지 않은 얼굴들을 격려하며
일제히 겨울이 흔들리는 곳으로
길은 점점 산 안에 갇혔다

모든 것은 분위기 안에서 빛들의 풍경을 옮기고
뼛속 깊이 자연으로 흔적을 드러내고
사철 아늑한 둥근 목소리로
자라나는 몸체를 다독이며
어둠의 그림자가 기승을 부리는
세월을 기다리는 나무들처럼
차례로 아득한 명상으로 저물어 갔다
간혹 자신도 모르게 떠나는 것들을 기리며

동행과 순리의 미학

미래 세계에 맞서
영원히 지난 이야기 지우려는 자리
때 이른 숙명을 먼저 읽히고
현재를 마치 혈血을 짚어 침을 놓듯
미리 자신의 온전한 모습을 새겨 놓는가

오늘도 만전의 조율로 인과 분명히 열리고
앉히는 소리들은 보호 안 된 게 분명한데
문득 열리고 닫혀도 구속력에
힘입은 한 세월의 이야기
여운과 잔상은 이리도 오래도록 남는가

시간과 세월을 거슬러
한 사람의 과거와 미래가 거울처럼 만나고
맥을 놓는 사이 만상을 환상으로 몰아가
더욱 현실적으로 지옥같이 육박해
오는 낯익은 이 세계가
오늘도 만리장천 하늘을 건너는가

언제나 내 안의 당신

이미 떠난 당신이 언제나 내 안에 있듯이

늘 투명한 길 걸으며 간간이 짧은 말에 익살의 그 웃음

지금은 잊지 못해 그 시절의 추억들
들었다 놓았다 하며 아직도
받아들이지 못해 쩔쩔매는데
선명한 한세상
어느 순간 훅 날아간 순간
나는 바보처럼 사네
언제나 서로를 지키는
굳건한 사랑처럼
우리에게 닿은 지순한 한세상 확대
재생하며 사네

처음 만남처럼
이미 떠난 당신이 내 안에 살 듯이

한세상 읽기와 보기

나란히 섰을 때 앞과 옆 그리고 뒷면이
여러 각도에서 조금씩 기울기로
어긋나거나 팽팽히 긴장을 더하거나
순간 모서리로 멀어지게 되면
그만큼의 마음의
언저리는 늘 불안해서

한가지의 뜻을 가진 사람이라도
공간은 누구냐에 따라서 크면서도 작고
줄기도 하고 온전한 부피와 무게로
물리적 거리를 만든다

지금 마음 밖을 이미 떠난 거리는
어디쯤
또 다른 나의 세계를 헤매고 있을까

아직도 여울지고 있을까

소리 없이 날아와 그리움 하나 가지 끝에 걸어두고
혹시나 서로를 잃을까 봐
수십여 성상 보고 지고
언젠가 어렴풋이 하나가 될 영감에
정녕 가슴 아리어
두 손 맞잡고 맹세한 그 사람
어느덧 출렁이는 세월에
안 보이는 그림자 하나 별밤에
자꾸만 서로 눈 기울어도
보이지 않은 그대
지금도 어느 하늘에서 그리움으로
여울지고 있을까
나의 원앙아

들꽃

한평생 이름 없이 양지와 음지 그림자 아래
여울 소리 새 소리 하나 없는
척박하고 후미지고 외진 곳에
한평생 이름 없이 그렇게 산다

정갈한 혹은 경사진 자락 서로
겨우 체온에 기댄 몸 담보한 생애
운명인 듯 숙명인 듯 그렇게 산다

시선 하나 줄 곳 없는 사방에 외지고
황폐한 땅 아무도
보아주지 않은 한평생 이름 하나 순종으로
오로지 홀로 눕히는 그의 주검
억울한 한평생 이름 없이 그렇게 산다

외로움의 한세상

겨울이 지나가도 너를 다시 만나지 못하고
조금씩 화창해가는 봄
바다 기슭에 봄 새들의
새로운 하늘 열기에 부산한데
아직도 너는 소식의 없고

밀물져 오는 그리움은 쓸모없이
그저 먼 산만 바라보며
아무 내용 없이 일어섰다 앉았다
하루해가 저물고

우주의 무게 뚫고 나온 푸른 봄의
나를 보는 신기루의 형상은
한세상 외로움의 고통
오늘도 고요히 저문 노을이 울고 있듯이

설산雪山

　- 영혼의 휴식처

아름다운 전설을 품은 한라산
설문대 할망의 흙으로 산을 쌓았고
너무 높아 잘라 낸 삼방산에 흘린 흙 부스러기
오름이고 제주 배꼽인 백록담에는
산 신선이 흰 사슴과 물놀이하였다니
한라산은 용암의 분출로 산재한 오름과
만장굴 같은 동굴이 뻗어 내려서
울창한 숲을 이루어
어릿어릿 꽃망울
새들을 맞아들인 날갯짓을 보고
한라산 고산 식물 구상나무와
세계에서 가장 작은 돌매화나무까지
한라산 자락 식물들의 수직 분포로
칼바람 설치는 데도
쏟아지는 밝은 햇살에 푸른 산을 보며
흰 구름 눈부신 설산 바람에 찾아든 북풍
산 휘어 감아 내린 설산 넘나들던 길
많이 내린 눈雪 무게 못 이겨 축 늘어뜨린
나뭇가지의 설광雪光
펼쳐진 장면 더없이 아름답다

시골길

마을 가는 바닷가 걷고 또 걸어도
지치지도 지겹지도 않은 곳
길옆 소나무 진흙이 잔뜩 묻어
등 긁어 줄 동무 하나 없는
멧돼지 소나무 친구 삼고
뚜벅뚜벅 시골길을 간다

연분홍 꽃 개복숭아 활짝 핀 언덕배기
섣불리 길 찾아 서둘다
가시덤불에 봉변당하고

야생화 만발한 소나무 방풍림 근처
편안한 마음 주는 소로 지나
능선 곳곳에 큰 병풍바위를 지나
산자고 바싹 엎드린 수려한 얼굴들
개별꽃 흰제비꽃 발길 잡아 무릎 꿇게 하고
오늘도 홀로 시골길을 간다

고향 천미 川尾

비 내리는 새벽길 가벼운 발걸음으로
첫발 추슬러 내디딘 천미
푸르름의 샘물처럼 솟는 하천은 고요의 바다로 흐르고
해조음 따라 목을 내민 봄
기운 생기 돋는 혈관의 산소들
마음 안의 화평으로 오는데

갯가의 갖가지 해조류들
햇살 반기는 날
어선 하나 무한의 세월처럼 바다로 신나게 달리는데
갯가 샘터 물에 하늘 한 자락
목을 축이며 먹을 감는 내 고향
천미의 감미로운 봄

잡풀

여기저기 풀들이 돋는다
동면을 인내한 풀들의 아릿한 눈들이
경계를 풀고 불쑥불쑥 솟는다
산과 들 동산의 언덕에서
온갖 모양새로 근처의 풍경들의
소소한 경관이 되어 일어서는 풀들
새소리 풀 소리 따라 아릿한 웃음소리
무지개처럼 피는 춘삼월
세상의 모든 것이
제 이름 인물값을 하며
요령껏 눈치껏 점령해 가는 풀들
지난겨울 모질게 동면한 이야기로
어깨동무하며 통성명을 한다
세상을 점령해 가는 풀들의 군락들

모두의 축제

더 나은 자유와 평등을 수호하며
갈망과 분노의 함성으로 허위와 위선을 벗어나
어둠을 밝히고 스스로를 치유하는 자유

모두의 뜻과 의지와 하나의 마음으로
이념과 사상을 물리치며 서로의 울타리가 되어
분출한 열성과 분노

정도正道의 길과 소통을 위한 모두의
축제 그 둘레 안에 발현하는 오오 민주여

민주를 갈망하는 저 격렬한 아우성 미래의 희망
꽃으로 피는 불꽃 불꽃들의 행렬들

이정표里程標

한없이 연약한 풀들도
무리와 함께하면 외롭지 않고
무명이라도 푸르게 푸르게 빛나는 민중의 힘은
위대하고 한없이 거룩한 것
스스로를 성찰하고
이끌어 주면 더욱 맑게 사는 것을

함께 열어 가며 사는
서럽고 무거운 고통도
서로 나누어 가지면 더욱 가벼워지듯
오늘도 갈 길 먼 어둠과 공평하게 나누며
습관처럼 중심을
바로 세워 주는 문명의 이기

4

진눈깨비

동행

너가 나를 보듯이 나도 항시 너를 본다

꿈속의 유언처럼 존재와 비존재 사이에서
사계절 서로 다른 꽃이 세상을 알현하듯
우리는 언제나 한 목적이었다가
한 자유처럼 지극한 이유이듯
어둠 달이 건너는 곳마다 여명이 오듯

이윽고 꽃이 피던가 우리는 반듯이 세우기 위해
서로의 안에서 본능이었다가
세월을 건너는 한 행간이었다가
세월이 지나면 또 따른 나뭇가지에서
처음의 꽃 울음이 시대를 함께 살듯이

젖 향기

천성 바닷가 청태 낀 돌담길
꼭 붙잡고 갯바람에 흔드는 빨간 열매 한 송이
아이 때의 들어오는 망상 깊은 과거
되새기며 혼자 무심히 두 주먹을 움켜쥐고
어머니 곁을 떠나지 않으려던
옹졸한 생각 하나가 눈에 아리다

서로가 부재 아쉬워 회한 가득히 다가섰을 때
세상을 지탱할 무한의 무게
차디찬 푸른 바다 물살
고단하던 해녀 숨비 소리로 저물고
천성해안 자갈밭 홍합 따던 한 해녀 달려와서
아이를 양팔로 품고 불은 젖 물리니
허기진 배 채우고 젖 향에 취한 날

진눈깨비

설빗설빗 이슥하도록 이 밤에 내리는 진눈깨비
어수선한 하루
책을 보다가 문득 잃어버린
추억 꺼내 보다가 할 일 없어 서성이며

차 한 잔의
명상으로 거실의
창밖 진눈깨비를 본다

오래된 기억 속의
호기였던 내 젊음 비춰 보다가 아직
윤곽이 또렷한
먼저 간 이들을 생각한다

침침한 이 맘
진눈깨비 계속 내려
잠 못 드는 밤 쓰라린 기억 불러내어
홀로 닿은 당신의 그 하늘에서
이 밤 진눈깨비가 올까

나의 인생

인생길 다 되어 떠난다 해도
결코 세상을 원망하지 않으련다

최선을 다하여
기회와 꿈은 오직 나의 것일진대
존재와 삶이 더러는 권태로워도
현재는 오직 나의 몫인 것을

젊어지는 이상으로 세상을 보니
좀 더 나은 미래를 예견할 수 있거니
내 한세상 삶은 스스로 가꾸며 이룩하는 것

세상을 세월로 사는 것은
나의 심장을 겨누는 것과 같아
각별한 기별의 지상에서
모든 것 끝까지 사랑하고 용서하련다

어디로 가야 할까

떠나며 닿지 않은 이유로
감별하며 그림자처럼 수줍고 있었습니다

말없이 밤의 이슥한 날
모여드는 기별의 귓전에 화답하듯이
빛무리 아슴푸레한 여명에
일찍 깨어난 아침 풀들이 흔들리고
또다시 어둠이 도달할 때까지 스스로 비상을 꿈꾸며
첫겨울 일찍 온 갈색 가랑잎
밟으며 걷고 있었습니다

오늘을 떠난 그들은 언제 올 건가
엄습하는 근육들만
나도 모르게 자꾸만 일으키고
어디로 가야 할까
죄인처럼 사람의 모습을 하고
빛무리 아슴푸레 여명에 들었습니다

황야荒野의 꽃

소리 소문 없이 아무도 보지 않은
인적 하나 없는 삭막한 땅
오늘도 서럽게 꽃이 핀다

그렁그렁 적신 눈물 송골송골 맺힌 땀방울
산고를 인내하듯
억울하게 꽃이 핀다

아무도 관심 주지 않은 먼 들 황야에
제 홀로 임자처럼 꽃대 하나 올려놓는
아슬아슬한 연민의 꽃이여

처절한 운명처럼 먼 황야에 새들도 미처 볼 수 없는
저 홀로 소리 소문 없이
사시사철 피고 지는 이름 없는 꽃이여

연곡사의 풍경

섬진강 옆 구례 들머리
경쾌한 물소리 맑은 바람 어우러져 딴세상이다

연곡사 아름다운 승탑
구름 위에 나는 새가 산다는 아름다운 집 은조루
해 질 녘 더욱 빛을 받아 붉은 노을로 빛나고
지리산 연봉들 한눈에 들어온
한 폭의 산수화 마음속에 담긴다

섬진강 물 위 오늘의 메아리
의식하지 않은 마을 돌담 위 물들어가는 가을 풍경
인생 황혼에 깨달아 가는 기쁨은
잔뜩 찌푸린 찬바람 볼 때 생각나는 토탄탕
오만 가지 친견으로 화답한다

추억의 명상

열혈熱血한 불꽃이었을 우리의 한세상의 순간
빛나게 지킨 섬광을 이젠 소명해서 다시 돌아오지 않을
미리 듣는 기억 밖의 소리들

아직도 생존의 기억 밖에 서성이는 어릴 적 풀 냄새
꽃향기 여울 따라 흐르던 개울물 소리
간밤에 하늘의 별이 되어 나의 동공을
관통하여 떨어지던 그대의 눈물 한 방울

이 밤 창밖을 가로질러 밤을 저어 가는 저 새는
신神과의 교감을 위한 전령인가
나의 우울증 밝히는 새벽 안에서 유형무형으로 지나는
지난날의 명상을 본다

희망의 꿈

체온은 모든 것의 내일 출발을 예비하며
그늘진 우울을 지울 것이다

조금씩 어긋난 세상에서 겨우 붙은
기울어진 자신을
일으키기 위해 집은 견고한 속에 짓고

그대가 고단한 하루를 건널 때쯤
세상은 그대를 시험하며
또다시 더 앞서가는 희망의 꿈으로 바쁘고

그리하여 이 아침
소극적인 것들과 함께
그대 위한 행동은 신앙처럼 기도할 것이다

한밤의 소슬바람

솔밭에서 거슬러 안 보이는 고향 바람 모양
변모하는 구름과 달리 우리 육신 마음속에 스며든다

새벽에 흔흔한 새소리 살며시 웃음 짓는 입술
포근한 풀밭 찾아 돌아가며 눈독 들이며 속삭인다

잠자다 꿈 깨고 달아난 소슬바람 수풀 속에 붙들린
그 은은한 소리 폭풍우가 다가옴을 미리 알린다

뭉게구름 슬며시 가려 홀로 있는 애달픈 마음
휘저어 놓고 소소히 불어오는 소슬바람아

도라지꽃

여울 소리 새소리 하나 없는 척박한 그림자 속
별 모양의 종처럼 줄기 끝에 다자색으로
갈라진 통꽃
불화의 시간에도
서로가 슬픔을 같이 나누며
운명인 듯 숙명인 듯 다자색 통꽃 잎 사늘한
바람에 손 흔든다

시선 하나 줄 곳 없는 외지고 황폐한 땅
공경받고 사랑할 수 있는 싹 자라
한평생 외롭게 애쓸 때
행복에 이르는 바탕이 되고
굵고 단단한 뿌리의 기초 위에
흔들리지 않고 아름다운 열매가 된
그 활기찬 끈기 다자색 통꽃 잎 하늘 향해
사늘한 바람에 손 흔든다

섬 그냥 좋았네

높은 하늘이 바다에 눈물의 고백처럼
못다 한 그간의 먼저 온 소식의 사유
파도로 듣는다

더욱 빛나는 불노을
차례로 어둠을 뒤쫓아
이별이 한꺼번에 쏟아질 듯
환한 얼굴 내밀었네

불과 몇 각의 일상에서 떠났을 뿐인데
일엽편주로 가을의 낙엽들처럼
떠 있는 이 작은 꽃섬

외로워서 눈물짓던
한 시절 추억 그냥 좋아서
불타는 동경으로 내 안의 밀월로
길잡이가 되었던
한 세상 언제나 추억으로 밀물 지었네

겨울 산정호수山頂湖水

제주 오름 중에 가장 높은 사라 오름 분화구의 산정호수
겨울 오름의 정적에 인적이 끊기고
고적한 해맑은 아침햇살 가득히 머금는 눈 덮인 오름
산정호수에 안개같이 엷은 구름 곱고 어지럽게 흘러가고
호수가 곧게 뻗은 울창한 숲 위 눈꽃이 곱게 피고
호수 얼음판에 쌓인 눈
억겁의 세월 동안 회안의 추억 푸름을 잃지 않은
그윽한 호수 속의 신비를 밝히는 눈 소리만
뽀도독뽀도독 우리를 맞이한다

하늘과 땅 온통 혹한의 추억 속 빛나는
산정호수 속의 명당明堂 제주 제일 사라 혈穴은
먼 인생의 항로도 예견하고
미리 점지할 수 있는 내일의 언약도 새로운 비약
그리고 더욱 먼 아슬아슬한 미래의 꿈을 키우기 위해
수없는 수장의 풍설로 전해오다 오름 기세에
아침 운무 눈부시게 반사된 햇빛 황홀한 얼음판에
소복하게 쌓인 눈 물보라 색 회오리 휘몰아친 바람 소리
원혼의 울음처럼 호수에 그림자 비치어
익어가는 눈꽃만의 광활한 언덕 풍경에
구상나무 물 급히 핥는다

서귀포 앞 새섬

본래 썰물 때만 들어갈 수 있었던 섬
항구와 섬을 잇는 아치형 다리
멋진 조명과 함께 로맨틱한 분위기로 변신하여
다리 중간쯤 하늘로 솟은 전통 배
태우 형상의 조형물
새로운 인연을 만난다는 의미를 가진 다리
해 질 무렵이면 남녀 청춘들이 몰려들어
다리를 오가며 낭만의 데이트를 즐긴다
다리 건너 새섬은 새롭게 단장하여
섬 가장자리 따라 난 정갈한 산책로
그이의 손을 잡고 걷기에 더없이 좋은 길
길마다 언약의 뜰 연인의 길 바람의
언덕 젊은이들의 소소한 즐거운 모습이 부럽다

지상의 흔적

모든 인간들 내 주변에서 언제나 한결같이 서성이던 사람들
어느 날 보이지 않고

무심코 소문으로 듣던 그 사람들의 부음 소식
없는 친구 모두 어딜 갔을까

한갓 만물도 사시사철 질서를 세우며 삶을
도모하며 스스로를 간수하며 기척을 두는데
내 곁에서 스스로의 이름으로 빛나던 그 사람들
도대체 어디로 갔을 까
유랑자여 오늘은 어디로 도피하는 꿈꾸는가

침체된 오늘을 잊고 현재의 비애와 고통을
인내하며 저 푸른 나무들의 도약을
위한 잎맥처럼 몸부림으로 나부껴야 한다

어디에서든 그대 그림자라도 흔적을 남겨야 한다

회상回想

언제든 잊지 않고 살肉 속으로 와 닿는
외워 둔 이야기 하나로 옮겨 온 딸들의 어깨
고향은 낯설어도 지나간 길을 돌이켜 보니
언제나 정겹게 살 수 있었던 그곳
그대가 떠나고 서너 차례 계절 바뀔 무렵인가

한 능선 건너 바닷가 소박한 어촌마을
그곳에서 그대를 만났을 때
마주 손잡고 반갑게 감사와 위로로 서로를 위무慰撫하던
모습 스스로 인생의 길잡이로 더할 때
멀어져만 가던 한 시절의 모든 관심에 또다시 젖어 들고

물소리

물소리가 밤새 들리더니 지금은 어디쯤 갔을까

눈 부스스 뜬 새벽
별들의 이마를 지나 바람과 적당한 온기 나누는
산수유 마을 건너
전설이나 신화를 들으며 지금
몇백 리 먼 산기슭에 닿아 천지가 지척인 듯
꿈꾸고 있는 물소리들

산바람에 산수유꽃
금빛 파도처럼 일어선 한 마을의
영롱한 아침을 깨우고 혹은 설레는 마음에
무늬 지는 축복 같은 하루

먼동 트는 물소리 어디쯤 닿고 있을까
그대의 귓전을 메아리로 치던 그대의 그 물소리

생의 화평

심혈을 기울여서 오는 안전한 힘은
언제나 웅대한 포부도 부유함도
이름 없는 한 골짜기를 지나는 물과 같고
스스로 베푸는 것은 한 고행으로 우물을 파는 것 같아서
깊을수록 더욱 맑다

터득할 수 있는 오묘한 진리 이 세상 번뇌와 시름은
생살 돋는 아픔 같아서 부귀와 결코 연연하지 말기다

무한의 힘으로 닿는 동아줄로 생을 잡듯이
마음으로 오는 화평은 유목 사이처럼
깊이 간직할 내 안에 다른 부처가 살듯이

마음을 여물게

넉넉한 마음속에 잡념과 고민은 기생하기 어렵고

잘산다고 거들먹거리면서 크고 많아 신선하게
잘사는 것같이 보여도 초라하면서 가난스럽고

작고 적은 것에서 오는 것과 어디 비견될까

음미할 때 차 한 잔에서 오는 일상의 향기
그 삶의 온전한 즐거움이라

산길 거닐다 먹을 것 얻으며
마음속 비워 두면 덜 복잡하다

소박함이 항상 기쁨의 얼굴 되어
자연과 어울리던

그대의 유려 일상 결실의 무시로 오는 꿈인 것을

강진의 풍경

시혼이 살아 숨 쉬는 영랑의 생가 모란공원
시대를 초월한 다산의 항일 민족정신
강진의 자부심이자 마음의 자양분이다

모란공원 영랑의 생가에서는
야간 경관이 설치는 밤 토담 길
대형 모란 조각 대나무 숲 느긋하게 걸었고

황금빛 갈대 물결이 춤추며
강진의 큰 고니 날갯짓 탐라로 비행하나
숲과 계곡은 자연
그대로 집과 정자 배치된
백운동 별서정원 붉게 물든 단풍 가득하며

사계절 동백나무 대숲에 둘러싸인
그림 같은 풍경의 기억

5

실기하지 않은 길

실기하지 않는 길

모두가 자기를 일으켜 세우기 위해
빼앗기거나 혹은 실기한
미래를 위하여
파랑새 물든 계절을 보며 반전을 꿈꾼다

긴급한 모든 앙금을 지우며
현재의 체위를 바꾸며
소리로 존재를 기척으로 알리고
칼날 같은 바람을 위해서
서늘한 침묵은 시작과 끝을 대비하고

생애를 축복하여
다시는 실기하지 않는 길을 위해 오늘도
우리의 면전에서 각고의 노력으로 새로운 명세와
출발하기 안전의 꿈을 꾼다

잔 노을

잔 노을의 숲 손들 흔들리고 있다

하루를 전송할 신령한 시각

모든 것들은 둥지로 귀환하고

온전한 하루를 감사하며 기도하는

검은 강江은 역광으로

화가의 붓처럼 흘러가는데

기억하지 못할 신神의 명령

묵묵히 걸어가는 아기 노을이며

피나무꽃 필 때

벌과 함께 하였던 지난 세월
어제같이 그윽한 어지러운 명상에서 나를 꺼내 본다

성판악 산행 중 길가
무성한 조릿대 숲 거쳐 사리악 샘터에서
약수 한 모금에 한숨 쉬었다

문득 지울 수 없는 옹졸한 생각 하나가
구상나무 군락의 시선 가득히 들어와서 별 불평 없이
걷다가 내 정신에 평범한 추억 하나 지워지고

이전 굳건한 낯선 것만 눈에 어려
둥근 세상 만지며 옛적 피나무꽃 벌을 매혹하던
벌꿀 향기 생각 중에 환하게 보이는 서귀포 앞 섬들

여름 한밤

정적이 흐르는 시간 구름 사이로
푸른 달빛과 은하수를 헤아려 커피 한 잔
하나의 자유를 위해 더욱 맑고

푸른 내일의 감흥 돋우는
분위기 있는 초여름의 밤 기울기로
시각마다 새로 품는 아기별들

한줄기 소나기 지나면
더욱 용솟음치는 이 세상의 눈부신 삶
어디선가 일찍 온 귀뚜라미 소리

서러운 울음소리 소싯적 추억
불러내며 한밤 속절없이 명상에 들다

강변의 꽃향기

동산의 길섶 꽃
키 작은 나무들과 잡초에 묻혀 늦게 핀 달맞이꽃
아무도 모르게 꽃잎을 일으키며
홀로 미소를 짓네

비수리꽃 활짝 핀 분홍의 오묘한
향기로 유혹하는데

그 향기 마다하고
새벽녘 쓸쓸히 고개 숙인 풀꽃들이 애처로워
서늘한 바람 무리 동무하며
함께 나부끼는 강변의 길섶 꽃

둑방을 향해 새들의 목덜미 간지럽게
깃털을 세우고 그림자처럼 서는 일몰

가끔 흔들리는 물결

오늘의 바람은 조배朝拜의 너럭바위 코지 능선에
좀네*가 단골인 고망顧望 할망
당當이 있고 천미 앞 갯가는
바람코지의 남실바람이
바닷물 손에 씻기는 까만 돌 바위
자잘한 파도가 찰랑거리는 수면 위로
아침 햇살이 눈부실 때
찰랑그르르르
작은 물결이 가볍게 가끔 흔들리고
무가巫歌의 음률로 아침을 연다

* 좀네: 잠여暫女의 방언

129

물끄러미 보고 있네

시름없이 생각 놓고
가만히 서서 바라보는 것 좋아하네

짙은 눈썹에 어쩌면 벗어진 머리
있는 그대로의 세상을 보려 하네
세상을 그대로 보려면 우선
느긋한 마음과 생각이나 간섭을 버려야
규정적인 시선으로 사물을 그대로 보게 되고
우선 뼈대도 속도 볼 수 있지

순간의 어둠이 세상사였고 잠깐이 양지였나
안벽에 정지된 그림자 염불 소리
귀동냥으로 들으며
수행자처럼 물끄러미 있는 그대로 보고 있고
저 벽에 달마상
오늘도 눈 시름으로 기약 없는 한 세상을
투명하게 보고 있을 출구와 입구를

평일도의 파도 소리

물은 오늘도 평일도 밖으로 흐르고
섬은 있는 듯 없는 듯
눈자위가 서리다

앞바다 갯가 한 마을
두둥실 떠 있는
먼바다로 출렁이는 물 사위의 섬
바다와 세월은
영겁으로 함께 가는데
습관처럼 어깨동무로 어울린
양식장마다
큰 꿈 담고 아리아리 떠 있네

경계 속의 작은 섬 무시로 떠다니는 평일도
오늘도 물 밖 모든 것이 미아가 되는
평일도의 안으로 흐르는 파도 소리

만화경萬華境을 보다

날씨 유독 변덕이 심하다는
곶자왈의 숲 넓은 들판의 언덕
푸른 숲 빛깔이 조화 더없이 신비한 삼나무
태일 따라 오르고 내리기를 반복
드넓은 분화구 속 용암이 흐른 자리
곶자왈 더듬으며 알맞은 음과 양으로
운치 있게 세상을 장식하고
말 없는 소통으로
계절 따라 잎과 꽃이 피고 진다
다행히도 반갑게
날씨 따뜻하고 느긋한 바람에
삼나무 숲 송악가루 툭툭 떨어져 나와
만화경을 보는 듯하며
무수한 역량과 섭리로 온전하게
세상을 지키는 아홉 개의 봉오리
연결된 능선 자락 대장정이 끝날 무렵
어디선가 오늘이 가기 전 또 하나의 정으로
잉태와 발아로 잠자고 있다

대설주의보

먼 데 눈보라를 짊어진 산들의 절벽처럼 서 있다

나무들 잎새마다 갇힌 눈들을 멀리하고
광야로 강가로 마실로 달려가는 눈
천지가 고요로 대설주의보에 갇혀 있네

깨어 있는 모든 것은 깃털을 세우며
더욱 가벼워지기 위해 멀리 가는 연습을 하며
심장을 움켜잡고 서러움처럼
칠흑의 어둠은 운다

길을 묻는 자들의 시선이 하늘에 닿아 있는 지금
긴장된 하루의 입구에서 점령당한 지구는
오늘 그대의 면전에서 속수무책이다

겨울 산

산의 능선과 계곡은 더욱 투명해지고
비키니로 선 나무들은 삭풍의 바람맞이로
종일 서서 겨울을 앓는다

다가올 봄을 위해
나무들의 잎과 수액은 뿌리에 저장하고
겨울나기에 혼신을 다한 빈 그림자로
서 있는 나무들의 동체

일부의 균형을 잃은 나무들이
면목 없는 근심처럼 우울한 날
청정한 잎을 틔우는 겨울나무들
멧새들과 어울려
틈 사이 양지 곁에서
오붓한 겨울 이야기로
하루해가 짧은 장산의 한 자락

흔들리고 싶은 가슴

고향을 언제나 잊지 못해
공간을 점령하는 더욱 깊은 사유들처럼
잡힐 듯 손에 잡힐 듯 가까운 바닷가에서
종일 해그림자로 저물던 친구야
물굽이마다 피안에 닿는 우리
소싯적 한 시절 얼비쳐 꿈꾸던 미래도
그리움으로 오는 이 봄

바라보는 먼 하늘 언제나 함께하며
청운을 꿈꾸던 시절 마음은 한결같은데
우리는 왜 이렇게 나이만 들어
먼 산 둘레에 얹히는 구름만 봐도
가슴 철렁이며 흔들리고
한숨지기 눈물로 오는 이 봄

출산 出産

푸르디푸르게 더없이 맑고 곡예하듯
줄지어 해안선 따라
코발트빛 바다와 닿을 듯한 외딴집
운명처럼 자기 스스로 간직한 것
예쁜 듯 보란 듯 희망하나
산모가 홀로 산고 끝에 태아를 출산하여
세상 밖에서 한 존재로 축복받는 순간
산모 홀로 탯줄 자르고 영아의 몸 씻기고
속싸개로 덮은 후 수습이 끝나 젖을 물리니
자정에 지나는 연락선 뱃고동 소리
그날따라 처량하게 들렸다
삶의 희망 기나긴 여정 운명이듯
숙명으로 양육에 다짐을 굳히니
평정平靜의 만상萬祥은
오래도록 눈물겨워 섰다

정情

참된 생각으로 서로 사랑하는 마음은
가족을 이루는 공동체
참으로 아름다운 거울 속 반영되는 무한한
공전입니다

깊어지는 신뢰 속에 참된 감성과
직선의 수평으로 하루를 알맞게
다른 꿈을 꾸듯 명료한 하루입니다

여러 사유의 관절마저
서로를 지탱해 주는 화음으로
오늘의 시간을 재촉합니다

오롯이 마음속 참되게 함께 가는 길
서로 무한의 축복입니다

노고勞苦

서로 반짝이지 못하여 안달일 적에
내색 없이 거꾸로 빛을 삼키면서
다소는 외롭고 쓸쓸하지만 그러면서도
궁색하지 않고 긴장을 놓지 않을 때
괴로움의 접근을 멀게 한다

그대의 아름다운 삶을 하나로
어우러져 돋아난 열정 아무도 모르게
자유로운 숨결을 느낄 수 있는
그런 느낌표가 더욱 그윽한 마음 안에
또 하나 취미를 새길 때
괴로움의 접근을 멎게 한다

윤회 輪廻

지금 내 앞은 어디쯤 왔을까
기별과 수줍음으로 고행하는 세월은
허무처럼 저 봄의 한 규격 사이로
근황처럼 하나의 물음처럼 쓸쓸한 지금
누구 하나 관심 갖지 않고
위로해 줄 사람 하나 없이
더욱 외롭고 고독한데
햇살도 가리지 못한 눈물 자국
정시를 알리는 기둥 시계 보며
내 나이를 덧셈하는 버릇
오늘도 한 시간을 더하고
남은 하루의 시간을 계산해 보니
더욱 짧아지는 수명
추억이 긴 이별처럼 함께 한 감성의 고통
한 점의 꽃으로 벙그는 자유와 평화여

선암사 홍매화

볼 것도 예쁜 것도 많아서
조개산 품은 선암사
선암사로 접어드는 숲길
물소리 바람 소리에 귀 기울이며
한 걸음 두 걸음 숲길 따라 느리게
얼굴에 닿는 시원한 바람과
깨끗하고 청량한 숲속 공기
장승이 눈 부릅뜬 길 양쪽에
무지개 양쪽 다리
신선이 올라갔다는 승선교
이음새 없이 커다란
돌을 맞물려 쌓은 기법의 계곡
전각과 전각을 잇는 흙 돌담 옆에
각황전 담장에 홍매화 피운
그윽한 향기
지혜와 해탈의 향기이듯
어우러진 우리나라
절집이 빚어낸 최고의 풍경이다

자아自我의 행복

꽃과 차茶 사랑하며 살아온 길
처음이나 끝이나 한결같은 그 길을
투명하고 올곧음을 상징하는
대나무 숲길처럼 섭리대로 걷네

자연 속 자신을 온전히 닮고 싶어
그 속에 내가 있는 것처럼
행복과 겸허를 배우며 처음의
시작처럼 자신의 분수를 헤아리며
경계를 허물며
가는 동행 더없이 행복하였네

바람코지의 돌담집

소슬바람 온종일 바닷가 억새 흔드는
늦가을 가을걷이가 그립던 날
옹기종기 모여 있는 바닷가 돌담집
세상 지탱할 무한의 무게로 푸른 바다의 물결
골 깊은 달빛 아래 고단하던 일몰
한 해의 발자국도 빛나게 흐른다

유년의 바람코지 동산은
꽃무지개처럼 풍경 맑고 더욱 청결한 날
모질고 빡센 겨울바람 이겨 내고
수 세기를 함께 한 아늑한 청태 낀
돌담집 넓은 한 바다 아름드리 품은 뜻
서로의 부재 아쉬워하며 회한 아득한 이곳
그리움으로 살아온 삶이
오늘의 화두 하나 짐 지고 걸어보는 시간

추억 소묘

고향은 언제나 기억 속에서 자란다
시간이 가고 세월이 가도
바람 부는 풍경을 거들며
철 따라 꽃이 피고 지듯
기억 저편의 새들이 다시 날아와
그간의 사연을 설핏 동무하면
심연의 바다에서 푸른 심장을 길어 올리듯
꿈속에서 나의 내부를 건너는
제주의 파도 소리 눈꽃이 피고
설레는 시간 안으로
오늘도 그 시절 하루방은
내 고향을 온전히 지키고
지금은 등 굽은 세월을 읽지 못하고
내 안에서 깃발로 나부끼는
노스탤지어 탐라의 물소리 새소리 바람 소리